MAGASIN DES PETITS ENFANTS

PAUL ET GEORGETTE

PARIS.

LIBRAIRIE HACHETTE & Cⁱᵉ

BOULEVARD Sᵗ GERMAIN. Nᵒ 79.

PAUL

ET GEORGETTE

AVEC SIX GRAVURES COLORIÉES

PAR H. F.

PARIS

LIBRAIRIE HACHETTE ET Cⁱᵉ

79, BOULEVARD SAINT-GERMAIN, 79

—

1879

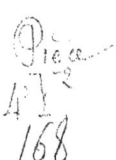

PAUL ET GEORGETTE

UNE BONNE NOURRICE ET UN GENTIL BÉBÉ

Je vous parlerai, mes bons amis, de Paul et de Georgette qui sont naturellement les héros de cette histoire; mais il est un autre personnage qui, sans avoir la même importance qu'eux, n'en est pas moins intéressant; c'est Maurice Firmont, leur tout petit frère, car il n'a que dix-huit mois, et vous le voyez ici dans son joli berceau. Sa mère, une belle et gracieuse dame que vous reconnaissez certainement dans la gravur e, avec sa robe rose et son chapeau à plume bleue, va rendre visite à une de ses amies d'un château voisin, et pendant son

absence elle a confié Maurice à Anna sa nourrice. C'est une bien
excellente femme qu'Anna : voyez comme elle regarde avec tendresse
son petit Maurice, comme elle le berce doucement, comme elle a
bien arrangé ses couvertures. Le bébé, après avoir refusé de fer-
mer ses petits yeux, finit par s'endormir. Laissons-le à son som-
meil et à ses rêves, où il doit voir probablement de beaux joujoux,
de friands petits pâtés, et occupons-nous de Paul.

UNE PARTIE DE CHEVAL

M. Paul, que je vous présente fièrement campé sur son cheval de bois à la belle crinière, aux yeux ardents et à la robe mouchetée, est un très-bon petit garçon de dix ans et quelques mois. Comme il est travailleur et souvent premier dans sa classe, son père lui a demandé, au premier jour de l'an, ce qu'il désirait pour ses étrennes : « Un cheval de bois, répondit Paul; tu sais, papa, que je veux être officier de dragons quand je serai grand : il faut bien que je m'habitue à monter à cheval pour commander à mes soldats. »

Voilà comment Paul se trouve possesseur de Gladiateur. (C'est le nom qu'il a donné à son cheval en souvenir du fameux coursier qui a eu tant de succès au Bois de Boulogne et à Chantilly.) Quand il a bien étudié sa leçon et qu'il a fini son devoir, Paul descend dans le jardin et va prendre Gladiateur, qui est toujours prêt et toujours

disposé à faire bon accueil à son maître. Armé du petit bâton dont il se sert habituellement pour son cerceau, Paul enfourche Gladiateur, et gare à lui s'il n'obéit pas à son cavalier. Malgré tout, le cheval ne parcourt pas grand espace, car ses pieds sont cloués à une bascule ronde; mais en poussant en avant, en arrière, plus ou moins fortement, Paul, simule, soit le trot, soit le galop et il est ravi de sa monture.

LA TOILETTE DE MINET

Pendant que bébé dort, Georgette de son côté s'amuse avec son chat, le plus débonnaire des chats : «Allons, lui dit-elle, venez ici, sur mes genoux, monsieur Minet, que l'on vous fasse beau ; vous voyez les bijoux dont ces deux coffres sont remplis : eh bien! si vous êtes bien sage et bien obéissant, je vous en mettrai quelques-uns au cou, aux pattes, sans compter les fleurs dont j'ornerai votre tête. » A ce beau discours, vous remarquerez la piteuse mine que fait le chat : il voudrait bien s'en aller à la cuisine ou au grenier et préférerait certainement une cuisse, voire même une simple carcasse de poulet ou de perdrix, à la plus riche parure. Néanmoins, comme il est la douceur même, il se laisse mettre tout ce que veut Georgette. Notre petite fille rit comme une bienheureuse de voir son chat ainsi attifé, mais Minet médite une vengeance ; à peine voit-il sa maîtresse occupée à ranger quelques objets dans un coffre, qu'il

s'esquive et grimpe sur les toits. Vous devez comprendre la dou-
leur de Georgette en voyant ses bijoux courant grand risque d'être
perdus. En vain elle appelle Minet de sa voix la plus câline : notre
chat, qui sait ce qui l'attend, ne s'empresse nullement de descendre,
et va, avec une belle chaîne d'or au cou et des fleurs sur la tête,
chercher fortune dans un grenier voisin où il a senti quelques souris.

LE DÉJEUNER DE MAURICE

Maurice, que nous avons laissé dormant dans son berceau, s'est réveillé ; Anna, sa nourrice, que vous connaissez déjà, l'a retiré de son petit lit et l'a bien débarbouillé. — Cette opération ne s'est pas faite sans résistance et sans larmes, car Bébé a horreur de l'eau quand il est question de lui laver la figure ou les mains ; elle ne lui est agréable que lorsqu'il en verse par terre, qu'il fait des pâtés avec sa petite pelle et qu'il salit ses souliers, ses bas, sa robe et ses mains. Anna peigne encore soigneusement la chevelure de son petit Maurice, lui met une belle robe bleue, un joli tablier blanc avec des rubans rouges, une ceinture de même couleur, et, quand notre bébé est ainsi pomponné, elle l'assied sur sa petite chaise et va chercher le déjeuner. Vous voyez qu'elle a déjà porté une tasse de café au lait et une assiette remplie de petits pains dorés ; mais il manque encore du beurre pour faire de bonnes tartines, et pen-

dant qu'Anna est allée en prendre à la cuisine, Maurice joue avec sa petite cuiller. Sa figure est toute joyeuse, et je suis sûr que le gaillard fera honneur aux tartines et au café au lait.

———————————————

LE DÉPART POUR L'ÉCOLE

Je connais, et vous connaissez très-probablement, mes jeunes amis, beaucoup de petits garçons et de petites filles qui regimbent toujours pour aller à l'école; ces enfants sont des paresseux qui aiment mieux jouer que travailler; mais, plus tard, soyez sûrs qu'ils se repentiront d'avoir ainsi perdu leur temps. Paul n'était pas comme ces mauvais élèves; c'était un très-bon petit sujet qui contentait ses parents, ses maîtres et qui, tous les ans, remportait beaucoup de prix. Aussi était-il aimé de tout le monde, et vous savez que son père lui a acheté un beau cheval de bois pour le récompenser de son travail.

Vous le voyez ici au moment où il va partir pour l'école. Comme il est gentil avec sa veste à manchettes, son pantalon orné de dentelles et ses belles bottines! Il s'adresse à *Tom* qui paraît l'écouter avec le plus vif intérêt : « Veux-tu venir avec moi, mon bon chien, lui dit

Paul? tu porteras mon chapeau et je te réserve un bon morceau de sucre. »

Tom répond que oui en agitant sa queue et en aboyant joyeusement. Laissons-là les deux amis et parlons de Georgette.

GEORGETTE ET SON MOUTON

Si Paul avait un chien, Georgette avait un mouton qu'elle aimait beaucoup et qui le lui rendait bien. Quand il était agneau, Georgette l'avait trouvé tout grelottant et tout malade dans le fossé d'un chemin; elle l'emporta, en prit soin, et Jacquet (c'est le nom qu'elle donna à l'agneau) se rétablit si bien qu'il devint un des plus beaux moutons du troupeau de M. Firmont. Georgette allait souvent le voir quand il paissait avec les autres dans la prairie, et elle ne manquait jamais de lui apporter du pain. Jacquet, habitué aux bontés de sa petite maîtresse, accourait vers elle et mangeait dans sa main, ce qui amusait beaucoup Georgette.

PARIS. — IMPRIMERIE E. MARTINET, RUE MIGNON.